国家出版基金项目
NATIONAL PUBLICATION FOUNDATION

中国新疆少数民族原创文学精品译丛

春天的画卷

夏侃·沃阿勒拜◎著
丽娜·夏侃◎译

CHUNTIAN DE
HUAJUAN

新疆人民出版总社
新疆人民出版社

图书在版编目（CIP）数据

春天的画卷 / 夏侃·沃阿勒拜著；丽娜·夏侃译 .—乌鲁木齐：新疆人民出版社，2020.1

（中国新疆少数民族原创文学精品译丛）

ISBN 978-7-228-18726-3

Ⅰ.①春…　Ⅱ.①夏…②丽…　Ⅲ.①诗集—中国—当代　Ⅳ.①I227

中国版本图书馆 CIP 数据核字（2020）第 048146 号

春天的画卷

CHUNTIAN DE HUAJUAN

项目策划：赵新华

出版统筹：陈　漠　孙祁娟

责任编辑：乌云高娃

装帧设计：陈　飞

出　　版：新疆人民出版总社
新疆人民出版社

地　　址：乌鲁木齐市解放南路 348 号

邮　　编：830001

发　　行：新疆新华书店

制　　作：乌鲁木齐捷迅彩艺有限责任公司

印　　刷：新疆新华华龙印务有限责任公司

开　　本：787mm×1 092mm　1/16　　**印　　张：**12.5　　**字　　数：**200 千字

版　　次：2020 年 1 月第 1 版　　**印　　次：**2020 年 1 月第 1 次印刷

定　　价：44.00 元

目　录

祖国山河壮

故乡田园美

绿水青山长

岁月悠然行

祖国山河壮

仿佛置身　生命的春天
和祖国一起　微笑开颜
诗歌的燕子　飞向蓝天
年轻的心　为祖国跳动

春天的画卷

山坡的厚棉被被渐渐扯开，
冬雪化成泪从坡上流下来。
阳坡的老鸦瓣吸足了阳光，
一只只翠绿色耳朵竖起来。

大自然光明之盘夺目明亮，
使平静河水翻涌奔腾向前。
牧人将自家牲畜赶着上山，
唱着欢乐的歌儿心中舒畅。

春天的云朵沿着山谷移动，
渐渐地缓缓地爬上了山坡。
自然界掀开幸福庆典大幕，
仿佛满怀美妙旋律的乐章。

拖拉机就像一支生活的笔，
在富饶原野书写优美诗篇。

它走过白纸般广阔的田野，
留下黑色的文字曲曲弯弯。

心中的快乐就是我的财富，
辛勤劳动让种子发出嫩芽。
农民们在田间垄出了田埂，
就像逗号与句号做了标点。

我们知道那些文字有能量，
它们将丰收的信息来传递。
展示出伟大祖国大好河山，
花儿朵朵姹紫嫣红多娇艳。

人民是诗人劳动就是灵感，
各种语言激情洋溢在欢歌。
你是美好生活的宠儿骄子，
灿烂吧，绽放吧，美丽的春天！

（作于1963年）

生命的支柱

党是支柱,我心中的太阳
世间光明来自那阳光
如此英明阶级的心脏
谁不歌唱不将她颂扬?
她是夜空中一盏明灯
无私播撒着幸福光芒
她的作品伟大而恢宏
《工人阶级的胜利》是那书名

放射光辉的伟大太阳!
谁曾给予我关怀温暖?
是她的儿子亲手培养

接受了党的教育培养
名副其实的战士我来当
伟大的理想——
共产主义让我们神往
救星就是中国共产党

(作于1956年)

生命的春天

仿佛置身　生命的春天
和祖国一起　微笑开颜
诗歌的燕子　飞向蓝天
年轻的心　为祖国跳动

我是中国人　自由成长
谁能用金钱　收买灵魂？
发誓决不会　为之所动
我是颗种子　时代光明

不会艳羡　别人的成功
履行着男人　所有责任
故乡啊　请你尽情使唤
我不知疲倦　一定胜任

（作于1958年）

母 校

您拥抱所有孩子来自远方
如饥渴的婴儿抓住您衣裳
您将共产主义的情操思想
根植学子内心指明了方向

时光如流水一般流向前方
多少冬天和金色秋天走远
在您宽广的怀抱自由漫步
与友人尽情嬉戏年华尽享

科学之路清晰明了在前方
年轻的心灵对它深深向往
我明晰原子物理化学计量
门门课程如大海任我遨游

科学知识如此尊贵我渴望
我的情感是那么真挚高尚

拿起手中的笔我欣喜若狂
汹涌的灵感变成激情诗行

没有挑选它们中任何一行
祖国在考验着她站在前方
我的大学犹如一座大工厂
让您灌注打造是我的愿望

（作于1959年）

朋友的心声

一

“假期我们去玩吧!”
你在信里这样说
亲爱的朋友,
千万不要生气不要埋怨
因为我现在要去上夜班!

二

我结婚了,朋友们那么高兴
一个舞蹈一个尽情欢歌
你看
我们就像同一部小说里
一个个人物角色都是正面的

三

太阳把金色的温暖静静地洒下

所有的不快我们全都抛下
为了伟大的祖国将汗水洒
这不是生命中最大的幸福吗？

（作于1960年）

回到阿吾勒

小溪从陡峭山巅倾泻而下
这样歌唱了一千个世纪吧?
它的源头无比纯洁在草原
和每座山坡每道峡谷中间
看那笔直挺拔松树一排排
如少女婀娜身姿浮现眼前
炊烟从毡房穹顶袅袅升起
飘向了天际那么慵懒悠闲

当乌云从心灵的天空散去
欣喜会不会在眉梢间挂起?
这一天摆脱所有烦恼忧愁
我们抖擞精神踏上致富路
瞧那年轻而貌美的新嫁娘
正往晒架上将奶疙瘩摆放
若想听听古老神奇的故事
就请来草原探寻它的奥妙

在这风云多变的世纪里
人的心盖上过多少印记
曾经茂盛碧绿花园绿地
往日枯萎凋零容颜失色
餐布上摆放的各色食品
有时丰盛有时也很简单

在步伐歪歪斜斜的年代
苦难悲伤相互交织同在
人们不懈努力辛勤劳动
没有任何回报丁点收益……
改革开放新的时代到来
幸福的篇章为人们翻开
我们前进将那大步迈开
不再走上歧路走歪方向

新的时代看到新的希望
艰辛劳动收获丰厚果实
大自然仿佛也做出回应
展现出崭新形象和面容
如今的我已经理解看清

草原将普照灿烂的阳光
我旅行的脚步来到这里
写下这首赞歌这些诗句

（作于1964年）

从阿吾勒到首都

一

祖国你多么辽阔
飞速跨越了崇山峻岭
面朝东方不停地前进
路途数日算得了什么
我感慨
祖国,你是如此辽阔!

包裹我的是翠绿农田
放眼望去
却怎么都望不到边
连鸟儿都无法飞遍
祖国,你是如此辽阔!

那个宠儿就在你怀中
他放声高歌激情荡漾

你的名字是如此高贵
祖国,你是如此辽阔!

这不是那条古老之路
踏上火车我朝前飞驰
北京
首都,母亲,就在前方
请接受我膜拜满怀虔诚!

二

尊贵的首都
北京,尊贵伟大的首都
哪个诗人不曾把你赞颂
一群哈萨克的乡间孩子
正接受教育在你的怀中

我的智慧理智得到提升
见证着伟大时代的奋进
我的笔并不敏锐被引领
书写美丽诗篇发自内心

此时快乐之情更加沸腾

继续这种生活充满激情
我也是这里的主人翁啊
在宽阔笔直的大道前行

内心像一湾清澈的湖水
就像雄鹰高飞不知疲惫
因为是这伟大国家一员
怎不为之自豪歌唱开怀？

我是很多事情的见证人
斗志被高昂的激情振奋
为了人民我要努力抗争
身怀你赋予的力量无穷

（作于1965年）

人民英雄纪念碑

纪念碑用坚硬巨石砌成
为纪念英勇将士而竖立
赫然而立挺起笔直身躯
如巨人与高山争锋矗立

仰望它万千思绪涌上心
看到先辈们的伟绩丰功
我仿佛置身于他们之中
抽出语言之剑向敌人冲

英烈们深知人民的苦痛
要解救磨难中悲苦大众
战斗中洒热血奋不顾身
终于迎来了温暖的黎明

我胸中燃起了烈火熊熊
面对先烈行礼满怀虔诚

将宝贵国土托付给后人
必须保护人民捍卫家园

为了天空更蓝大地回春
他们把妖魔鬼怪全打尽……
这丰碑像一部叙事长诗
将英烈的事迹娓娓道来

（作于1965年）

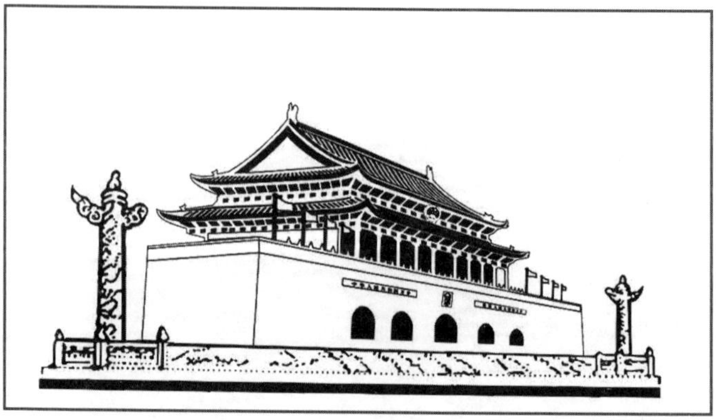

民族宫

我曾来民族宫参加会议
欣赏歌舞表演热情洋溢
犹如一片激情汪洋汇聚
在脑海中激荡掀起波浪

人们从五湖四海来到这里
是友谊深厚的各族兄弟
双手紧握攀谈充满诚意
那是手足之间的深情厚谊

听说过许多英雄的事迹
振奋了斗志抖擞了精神
这是自由与平等的国度
我要大声地呼喊:
祖国,万岁!

（作于1965年）

今天的卢沟桥

一

这大桥深深地将我吸引
看到它我提起了手中笔
它在久违的灵感的天空
瞬间划过犹如一道闪电

这桥美名在外历史久远
多少秘密变成故事被传颂
魔鬼张开贪婪巨口
企图吞噬我伟大的祖国

为了天空不被黑暗笼罩
心中燃起了仇恨的火焰
尊严的大锤重重地击打
无耻吸血鬼丑恶的嘴脸

这大桥就像部英雄史诗
亲历那些历史那些故事
乘坐汽车驶过它的桥身
沉重的思绪压上了心头

二

如果看到如今的卢沟桥
定会发现那劳动的见证
鲜花遍野开满神州大地
大桥凝聚着时代的力量

朵朵花儿盛开姹紫嫣红
太阳在无私地洒下光芒
阵阵甘霖也同样仁慈
颗颗水滴如珍珠洒下

原野一望无际庄稼长满
年轻的心酝酿美好诗篇
善良的人们被激情感染
歌声飞扬在辽阔的蓝天

这里被福祉和幸福填满

卢沟桥沉浸其中双臂伸展
为了阻止恶魔利爪伸来
民兵守护和平钢枪紧握

对伟大的祖国充满深情
他们的行为是最好见证
若嗜血的猛兽胆敢来犯
定会受到惩罚让其好看

看着这卢沟桥新的一代
就听见胜利的鼓声传来
您将目睹这段历史发生
成为这时代发展的见证

（作于1965年）

十三陵

你好,十三陵!
我从很远很远的地方来
那里百鸟争鸣百花盛开
犹如我的内心丰富多彩

我思索,想了很久很久
渴望能早日到你那里
如今我真的见到了你
一行行诗句激情来袭

碧水清澈如此宽阔
深山密林栖身之所
无垠田野长满庄稼
如此茁壮随风摇动

山坡之上依稀可见
慵懒觅食牲畜成群

它们各个膘肥体壮
饱食肥壮鲜美嫩草

你的一边有座水库
开阔明净犹如大海
四野变得光彩动人
太阳给世界镀上金辉

水库是如此恢宏
谁见了都心潮涌动
堆砌堤坝的巨石上
伟人手印赫然可见

朋友们聚在我身边
相约来到它的岸边
我们作为它的贵宾
投入怀中如此舒闲

它展开宽广的胸怀
将清纯甘露来奉献
微风掀起朵朵浪花
犹如发辫迎风舒展

串串银珠向我抛来
那是“恰秀”[1]象征吉祥
急于游向水底深处
劈开水面勇往直前

浪花愤怒迎面拍来
猛烈抽打我的脸庞
这更将我斗志激发
划开水面奋力冲杀

鱼儿游来与我做伴
陪我嬉戏,伴我玩耍
这感觉是如此奇妙
对手是青色的浪花

（作于1965年）

① 恰秀:哈萨克族表示祝福的一种方式,由德高望重的妇女向人群抛洒奶疙瘩、糖果、点心等,让人们抢着吃,分享快乐。

山海关

山海关
一见你我思绪万千
多少故事深藏怀中
古人缺乏高新技术
意志是否胜于我们

巨石雕塑默默矗立
高大威严心生敬意
上堂帝王如此威严
霸气十足威风八面

帝王侍卫整齐成行
利剑长矛紧握手中
能否区分敌人亲朋
气势逼人神威煞显

曾几何时兵临城下

前来骚扰企图入侵
无数血战此地发生
山海关是当时重地

心事重重仰望长城
痕迹斑斑映入眼中
危机四伏形势严峻
滴滴鲜血印记凝成

多少世纪风波过去
岁月更迭沧海桑田
伟大长城毅然站立
世世代代万古长存

长路漫漫疲惫焦渴
攀过崇山峻岭险峰
巨龙抵达此地为终
威武龙头伸进海中

巨石平整插入水中
大海愤怒向它进攻
被它吸引拾级而上

终于攀上最高地方

周身好似烈火燃烧
没有犹豫过多思考
巨龙若就这么游走
骑上龙背随它远航

（作于 1965 年）

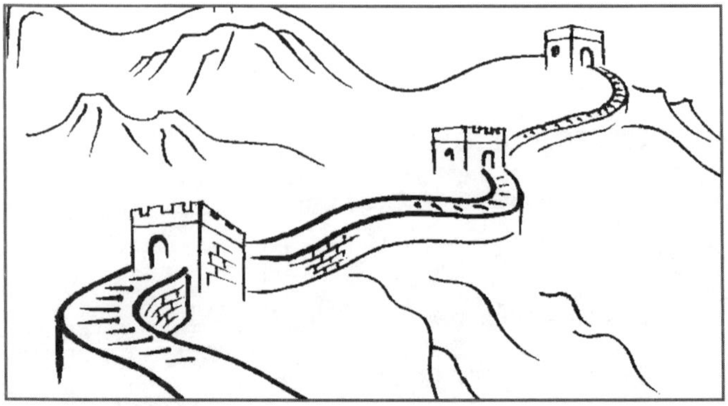

再见,首都!

再见
首都
金色的摇篮!
长了学问眼界变宽
与朋相聚说地谈天
仿佛能将地球撬扳

你让我品智慧之蜜
歌颂生活充满激情
你的光辉心中铭记
让我扇动灵感之翼

你将重任托付于我
前进沿着你的方向
那把生命的冬不拉
在心中奏起胜利乐曲

再见
首都
我要回到远方的家
绝不偏离你的方向
生长原野奉献果实
因为我是
一颗种子
　　——由你赋予生命

思想阴霾休想纠缠
劳动之路像条大河
如此宽广平静流淌
心中果园被你开垦
草原之花美丽绽放

（作于1965年）

回乡路上

极目远眺车窗之外
金色农田跃入眼帘
犹如大海一望无边
世界变成丰收田园

根根水稻田中摇曳
葵花向阳做着祈祷
高大玉米挂着流穗
点头在说“一路顺利”

白杨笔直排列成行
挥手道别滑过身旁
阵阵秋风送来凉爽
仿佛乐曲温暖安详

激情高昂望出车窗
欲将一切尽收眼中

棉农劳作不知疲倦
劳动赞歌回荡天空

列车急驰美景飞逝
手中的笔摇摆随之
仿佛奏响幸福铃声
带我编织优美诗行

眼前画面一一消逝
此情此景铭记在心
祖国大地生活书页
全心投入仔细品阅

（作于1965年）

花园中

行走在翠绿的花园
春天到来粉饰了她
思绪被吸引被牵动
被那争奇斗艳的花朵

觉察这美妙变化
我惊讶感动地观察
沉睡千年的广袤大地
如今苏醒生机勃发

鸟儿唱着动听的歌谣
血脉般溪水奔流不息
呼唤我诗人的灵感
书写出崭新的篇章

（作于1981年）

理智之争
——关于改革

改革
是改变　是革新
语言与行动密切配合
就像河水奔腾潮涨
任何力量都无法将它阻挡

改革
是美好愿望　甜蜜希望
胜利和成功都将属于它
我们满怀信心放眼世界
大声欢笑挺起胸膛

改革
是理性与智慧之争
若不是在那样的战场
我们将如何进步提升

所有的工厂增收增产
所有的牧民发家致富
让生活的列车提速
赐父老乡亲以幸福
我们拥抱一切新事物
丢弃了保守陈旧思想

别让古老传统成羁绊
别让寄生虫吸吮骨髓
如今的百姓不再捡起
曾用来行乞的屈辱口袋

头顶的愁云已经散去
生命痼疾彻底被治愈
那大锅不再倍受关注
人们依靠双手在努力

改革不是条熟悉老路
途中会遭遇障碍阻力
然而,它最终会胜利
因为

那是全人类共同利益

老树尽情伸展着枝叶
根扎进土壤深处稳固
伟大祖国就像那棵树
威望在提升令人感动

（作于1988年）

激情之河
——关于开放

开放
这个词的意思就是“请进”
请别以为这是件简单事情
若为河流打开了大门
田野上庄稼将得到滋润

开放了
客人们走进你的家门
分担你的情绪和心情
听取有益的建议意见
会茅塞顿开心中欢喜

开放了
广阔天地会展现眼前
是崭新世界从未发现
使生命之舟找到方向
别让它撞到水下暗礁

我们曾一度紧锁大门
是否安全回过头来检验
遭遇无数障碍和阻力
指针停在了某一时分

犹如雄鹰被蒙住了双眼
眼前漆黑什么都看不见
共产党一夜之间打碎了
延续数世纪的封闭锁链

哪种传统与习惯会继续
河流被引到某道峡谷里
如今早已没有什么必须
再去担心再去为之伤神

打开大门是为不被关闭
一切像清新空气都吹进
随着我们了解世界奥秘
智慧和理智充满了内心

开放了

我们满怀着骄傲尊严
对好人没什么可隐瞒
这是高昂气质与胸怀
被欺压的时代一去不返

不向任何人诉苦祈求
如今找到了宽广道路
温暖阳光照耀着我们
斗志昂扬　挺起胸膛

开放了
我们心中激情荡漾
这就是伟大时代开放
大门、大路、天空都开放
还有比这更好的事吗？

（作于1989年）

在海边 北戴河

北戴河
你是乡村还是城市?
不管你到底是什么
你在人民的心目中
是祖国东部明珠一颗

伟人亲笔赋诗题词
你的美丽令我陶醉
如今终于到你身边
心愿最终得到实现

沙石为堤岸镶了边
下巴缓缓探进大海
我仔细地侧耳倾听
奇妙声音传到耳畔

大海
如此神秘变化多端
我们共同虔诚欣赏
艘艘渔船劳作成行
仿佛驼队丝绸路上

空气潮湿而又温暖
进入血液周身流遍
恍如摆脱斑白双鬓
重回青春好似重生

凝望着你满怀深情
犹如海鸥翱翔天空
你在对我发出邀请
让我展示所有技能

心中仿佛豁然开朗
世间大事涌入脑海
灵感之火瞬间点燃
拿起了笔坐到书案

北戴河

你是乡村还是城市？

你美丽又那么闲适

你与伟人作品共存

永远镌刻人民心中

（作于1990年）

南戴河

我是凡人心存美好愿望
一直努力寻找崭新灵感
南戴河,来到了你身边
遭遇了广阔大海面对面

巨浪层层翻滚追逐逼近
它们你追我赶冲向岸边
就像雄狮发怒咆哮狂奔
龇出口中尖利雪白巨齿

没有感到丝毫惧怕担心
迈开大步迎着海浪前进
早日投入这大海的怀中
是我一直以来愿望决心

时而沉入海里被埋浪中
时而变成小点浮出水面

我奋力搏击与不羁海浪
似能医治那久违的渴望

身上保留着大山的野性
毫不理会标出的警戒线
母亲曾用盐水为我净身
如今再次浸泡咸水怀中

痛恨缩头缩脑胆小之人
厌恶没有理智窝囊之徒
盐水灼烧着的是那躯体
一份甜蜜却充满我内心

身材魁梧体型也很健硕
不知是否有人注意到我
我的身体已被盐水浸透
不会腐烂就算末日来到

（作于1993年）

故乡田园美

抹去岁月留下的空白
美好的愿望已经实现
你是多么的自豪幸福
放声高喊：
这里就是我的家乡！

神圣的故土

昭苏
这是一片辽阔的土地
藏着无数故事和秘密
这里记录着生活崭新
赋予灵感我拿起了笔

无论是长者还是小辈
都在表达诚挚的敬意
每当此时我由衷体会
自己是客人最为尊贵

我给了自己崭新任务
要努力看遍所有图画
四野翠绿如丝绒地毯
倾注全力我久久凝望

众人已熟知它的美名

原野一望无际在延展
浪花被河水抛向岸边
翻滚着奔腾着冲向前

天山重峦叠嶂雪峰下
葱郁茂盛青草在生长
犹如给一件贵重大氅
滚上一圈绿色的花边

没有炎热和寒冷之感
没有忧伤阴云头上压
昭苏置身大山的怀中
像一颗宝石夺目灿烂

那些光荣的前辈先驱
曾以这方水土为家园
那是真正的智者圣贤
知道在此地生息繁衍

坚定的信念没有改变
目光没转向其他地点
他们真诚地相互问候

与那雄踞东方的王朝

友谊的宝藏仿佛打开
接受了彼此达成一致
联姻加固他们的关系
成为纽带见证了信任

见疆域辽阔民情安宁
东方国度信念更坚定
细君公主到这方水土
成乌孙媳妇美丽亲善

往事过去了数个世纪
真诚宽容却从未消减
那份亲密还连续至今
历史页章是最好见证

经历了无数磨难纷争
父辈们坚守承诺永恒
赞颂宣扬的都是忠诚
作为传统传给了我们

青翠的山梁就是见证
见证了足迹无法磨灭
尊贵的精神赋予力量
为我们思想添彩增光

抹去岁月留下的空白
美好的愿望已经实现
你是多么的自豪幸福
放声高喊：
这里就是我的家乡！

冰冷的手臂无法插入
昭苏的城墙坚不可摧
它世世代代都会这样
绝不动摇不会再改变

（作于1996年）

献给汉族女医生

像个朋友她悉心照顾
那温暖笑容萦绕心头
叮咛嘱咐中我能感受
是亲人般的情感关注

病魔折磨我呻吟痛苦
全身无力口齿不清楚
她赋予力量给我帮助
将我拉回到生命舞台

怎么敢说你不是亲人?
谱写无数诗歌在心中
此时
一个形象跃入到脑海
是中华民族一脉同根

时间一晃过去一年半

心中的烈火始终在燃
朋友啊你将死神驱赶
挽救了生命妙手回春

终于从病床得到解救
珍惜时光我没有虚度
我要回报用辛勤劳动
亲爱的朋友，
不辜负你的心愿期望

（作于1959年）

库 车

库车
你的名字我已熟知
你是首歌从没唱过
展开双臂迎接了我
就像母亲心胸开阔

不为游玩来到这里
肩负责任我来工作
尘封往事浮现眼前
流血牺牲英勇斗士

林基路
是诗人是英雄大哥
仿佛突然出现眼前
就像一个莘莘学子
请他为我作答解惑

高贵名字心中铭刻
是他为我指明方向
仿佛是在对我重申：
切勿忘记残酷斗争

亲爱的大哥我想说
自有来者请勿担心
人民掌管了大山大河
紧握护家武器和笔墨

库车的痼疾已痊愈
贫穷绳索也被割去
这里将变富饶之地
明媚春天展开双臂

（作于1966年）

冲乎尔

群山层层环绕着它
犹如城墙无法攻破
那片土地如此富饶
如餐布上摆满佳肴

它的脸总朝向太阳
不为冬的严寒折腰
白桦林在尽情生长
如美少女婀娜多娇

河水清澈平静流淌
缓缓滑过它的胸膛
犹如一枚精致别针
佩在心口巧妙装点

那是盆地平坦如镜
块块农田开阔平整

农夫劳作不知疲倦
开垦田地播种希望

庄稼犹如青色的浪
大山也被牲畜梳妆
赞歌献给崭新生活
激情洋溢我们欢畅

冲乎尔——
一个神奇的地方
它是上天所赐神宫
它的未来将无比辉煌
要比今天更加美好

（作于1969年）

猎鹰人

犹如一枚利箭切开宽广的蓝天，
雄鹰，鸣响羽翼呼啸而过转瞬间。
目光所及，只见一粒赤色的小点，
变成一根红线划过银色的雪原。

猎鹰人在山坡手搭凉棚看向前，
原野上的一切难逃敏锐的视线。
雄鹰要着陆的地点他了然于胸，
一切得到证实在它双翅一闪间。

猎鹰人双脚紧踏马镫缰绳握手间，
沿陡峭山壁疾驰而下他不惧艰险。
手握钢笔才思涌动　我思绪万千，
就像那猎鹰人，奋不顾身勇往直前。

（作于1978年）

天 鹅

天边
海市蜃楼分外美丽
夏天
展开怀抱奉献绚丽
蓝天
捧出花儿朵朵洁白
那可是天之骄子——天鹅高贵

天地间架起桥梁
唱着情歌
轻柔地落到湖面上
站在家乡绿油油的原野
沉醉于你的动人容颜

你是心灵的果实
还是太阳的亲戚

你就像优雅的天鹅
落到我心灵蔚蓝殿堂

高飞吧　我的天鹅！
动听歌喉让人陶醉
我的爱情和激情
都会与你在一起
你的纯洁和你的美丽
就像蓝天一样让人着迷

（作于1980年）

天 山

天山的氧气既纯又浓
就像医生多次为我疗伤
山坡披着翠绿丝毯
看一眼让人神清气爽

迈开大步在山中徜徉
跨过脚下绊脚之石
你的高贵镌刻于心
像铅印字迹一般永恒

怀抱煤铁铜矿的宝藏
大自然伟大功勋的见证
艰苦岁月是我依靠
众人对此深信不疑

任凭血雨腥风来侵袭
灾难休想探进家门

像善良宽容的祖母
将传家宝留给后代子孙

雄伟天山是不倒的城墙
茂密森林是众人双手举起
巍峨天山是围栅结实绑绳
是祖国这座宫殿坚实基石

（作于1982年）

夏 夜

傍晚时分，缤纷多彩的云朵，
占据遥远天地间的交会线。
伴随西沉落日余晖的温暖，
她们变得通红犹如被点燃。

山坡上的小羔羊不停欢歌，
纷纷奔向母羊一解饥和渴。
老牧人完成了一天的劳作，
他回到家中准备休歇安坐。

绚烂晚霞和青春如此般配，
美妙歌喉唱出动听的旋律。
那美貌女子出现在羊群边，
广袤草原的晚景令她陶醉。

山坡那边有个青年在张望，
想在独处时对她一吐衷肠。

站在远处目光不停地投来，
只是没有勇气走到她身旁。

谁敢轻视我家这位好嫂子，
她已学会如何操作牛奶机。
猎人捋着乌黑胡子站那边，
给自己心爱的猎鹰喂着食。

世界都被涂上咖啡的颜色，
东边天空升上来明月一轮。
四畜叫声此起彼伏呼应着，
美妙的乐章在草原上奏响。

（作于1982年）

秋天的清晨

秋天的原野被冰冷霜花覆盖
山坡上盘着黑色的狗崽
仙鹤排成行从天空飞过
呈人字形犹如圆规的双腿

湍急的河水撞击着山石
激起水花犹如洒下水银串串
它就像娇宠不羁的孩童
因为生了妈妈的气
朝山下狂奔而去

清晨成群的奶牛发出哞哞声
叫声回荡在山间
继而盘旋到空中
你迈出了自家房门
将娇柔爱妻留在了家中

周遭是浓重青灰雾霾

仿佛是想掩护你不被发现
当你走到拴马桩边骏马之前
裤脚已经被朝露打湿

好像没了力气呼啸叫鸣
甚至无法再跳跃飞行
蝗虫们纷纷在草根下藏身
难道是被凉秋夺走了能量？

就像青春的一去不返
一切呈现萧瑟变得枯黄
大自然的双脚开始僵硬
好像是被什么人陷害中伤

犹如炎热和寒冷在决战
大地的表面就是疆场
犹如逝去的岁月连成了串
遥望远飞的仙鹤沉思深陷

不觉中半年的生命已流逝
美好愿望的确会与你相伴
就让鹤群全都飞走吧
愿美丽的留鸟永驻纯洁的心田

（作于1984年）

喀纳斯

你置身幽静神秘的山谷中间
神湖啊,喀纳斯,我心中的圣坛!
无数次在欣喜的脑海
将回忆和思念的种子播下

喀纳斯
你是我圣洁的仙境
犹如善良纯洁的心灵
喀纳斯是大自然最丰厚的馈赠
犹如绿宝石般透亮的明睛

徜徉于大自然宽广的怀中
明净的湖水洗涤双眼
喀纳斯是生命创作的源泉
我放声高歌,让大山伴舞
唱出心中最美的诗篇!

今天，再次来到你的岸边
捕捉那转瞬即逝的灵感
喀纳斯，我美丽的故乡
你的山水草木给了我最佳答案
我站在陡峭的山崖边缘
万千思绪萦绕脑海抚摸心田
将目光投向遥远的天边
却见雄鹰展翅翱翔蓝天

蜿蜒小径伸进大山怀抱
引领我探寻神秘的源头
你一定会找到内心所求
我未曾谋面的朋友

溪流中，鱼儿游
赤红、银白那么自由
重叠在芭蕉扇中的美景
伟岸深沉，脉脉含情

湖面飞驰的游艇
犹如利剑劈开水面
眼前的一切我看不够

由衷地微笑,心满意足

回首间,山崖峭壁
种种绿色伴随节奏在飘扬
摇曳的白桦树亭亭玉立
如妙龄少女般婀娜多姿

郁郁葱葱的杉树林立
竞相生长,攀比茂密
犹如支支利箭带着羽翼
巍峨山峦之中棵棵倒立

大自然的浪漫是春的缩影
四季的转换是岁月的流逝
清澈的泉水冰凉甘甜
酣畅溪流回荡远古小径

温馨的风儿陶冶漫长的凝视
我心旷神怡,联翩遐想
我的心胸宽广又善良
在潇潇暮雨中豁达

远方来的朋友
在这里你的每一天都精彩
蒙古姑娘
举起斟满美酒的樽杯
献上阿尔克[1]唱起祝福酒歌
愿你事事如意平安吉祥

伸出善意真诚理解之手
就能收获友谊的果实丰厚
胸怀坦荡竭尽付出
就是宾客的礼仪和宽厚

年华正当的美貌姑娘
广袤富饶的辽阔大地
置身其中
让我心潮澎湃,情绪激昂

思绪万千我放眼远方
听到百灵鸟动人的歌唱
我想与山林窃窃私语
又想和碧水蓝天齐声欢唱!

① 阿尔克:蒙古族自酿的奶酒。

啊，喀纳斯！
我的摇篮，我的家乡
你的形象高大又端庄
要问哪里的美景似天堂？
只要来到喀纳斯
心中答案自然明朗

博大胸怀和壮观美景
我要与深邃天地来做伴
我的心中有个天堂——“喀纳斯”
你清澈透明，神秘莫测
我停步驻足，流连忘返！

（作于1988年）

天　池

一

有时情感会来引导你
当你迷失自我的时候
以为它是博格达峰
明亮的眼睛在看世界

斟进了一只木碗中的
会不会就是美酒香醇?
写进大自然那本书的
会不会就是浪花旋律?

也许是尊贵的造物主
在山巅放的明镜一面?
为了让全世界都看见
就将那美丽展品奉献

也许在这石头的广场
精心修建了清澈的湖
难道是为让美丽仙女
都到这里来沐浴梳洗?

也许从远方飘来祥云
在某吉日将甘露洒淋?
或者是在这山的怀中
积蓄深不可测的渴望?

我动用了所有的思绪
想象一切美好到眼前
心中充满无数的灵感
最后知道这是
大自然所赐最好的馈赠

二

水面被微风轻轻吹拂
掀起波纹会让人目眩
那水花是相思是眷恋
温柔亲吻我们的船舷

时间这圣贤给我教导
最终在这里找到所愿
眼看秀美绮丽的湖面
带我回过往思绪万千

那对遭受打击的恋人
曾来到这里寻求庇护
也许也曾隐藏于这里
在茂密森林悬崖峭壁

他们从饿狼监视眼皮
想尽办法逃到了这里
危险如影随形也到来
他们没能幸免在这里

那些维护尊严的人们
在大山之中骑马飞奔
顷刻间刀光剑影出现
鲜血从额头流出不停

真心相爱的那对恋人
心中强烈愿望被扼杀

所有人都成了见证者
他在这个湖边被擒拿

谁敢说那不幸的姑娘
没有到湖边寻找归宿
这个世界已令她厌倦
她投身湖中告别人间

为了不让尊严被玷污
她牺牲了年轻的生命
见证悲剧的山河大地
唱出一首首悲壮挽歌

如果你能来环顾四周
这样的情感就会感受
广阔天地在勉强承受
沉重无比的情感重量

三

多少人曾到这块土地
一睹风采却苦于言拙

如山谷中的松柏茂密
每个胸怀将诗篇孕育

这里诞生过多少艺术
文人墨客留下过足迹
伟大诗人站上块石头
那是郭沫若激情诵吟

他如智慧的一个标志
崭新事物的一个见证
他是诗人的一个表率
让我们远离空洞口号

从高耸陡峭山峰之巅
他带来了崭新的声音
温暖的话语令人心仪
为我们剪断脚上羁绊[1]

如接到首长指令一般
我们用嘹亮声音回应
从精神禁锢解脱出来

---

① 1972年，郭沫若在天池湖边朗诵的诗篇在报纸杂志上发表，封冻多年的知识分子的诗歌开始陆续出现在各种刊物上。

再次拿起了战斗之笔

圣湖与名字如此相称
成了历史的真实见证
它变成一张温暖摇床
娇宠文学这柔弱孩童

四

美丽的湖水银般盈动
是热爱高峰者的故土?
人民没有凭空给了你
"天之池"的伟大称呼

当我徜徉在你的岸边
美好想法出现在心间
仿佛松树灌木枝条间
都有那标志美丽动人

巨大的山石重峦叠嶂
变成座座金山在眼前
它仿佛是个巨大课题

在追求科学的人面前

谁来你都会心中舒畅
你景色依旧那么迷人
你像手艺高超的工匠
将所有的才华尽情展现

从那久远的时间长河
得到与己相称的评判
我还是深深替你担心
看到成群游人在岸上

山不倒水不溢真的好
一切如旧不是更美好?
有些不明事理的傻瓜
是否往净湖中吐口水?

这个想法在心中出现
我心存善念与她为伴
不嫉妒这些访客游人
只求能爱护不要污染

（作于1988年）

如果你来阿吾勒

浓烈翠绿崭新的丝绒
包裹故乡的峡谷与山峰
茂密的树林层层叠叠
如士兵保护你手握钢枪

黄昏来到牧民的家中
无论长辈还是少年莽撞
主人都会牵来黄头羔羊[①]
表哈萨克人的礼遇至诚

主人对故乡充满深深情意
言语没有丝毫恶意
小伙子们幽默的话语
姑娘们杯中美酒都敬给你

不沾染污垢灰尘丁点

① 黄头羔羊:哈萨克族礼仪,招待贵宾要宰杀黄头白羊,以示敬重。

整只羔羊被放入大锅里
主人请求讲述你的经历
这就是对你的“惩罚”——礼遇

心中有数不再紧张
那是你将支付的“货币”
若像“封嘴”的公牛不把嘴张
你的结局就不必多讲……

清凉泉水流淌在天山山谷
哈萨克的阿吾勒就在这里
若视作朋友聊表心意
请记住：
他们将奉作贵客款待你

（作于1988年）

原野之夜

若白天的云彩夜间消散
天空布满繁星扣到头顶
多想在夜色中去漫步
到达目的地趁着夜凉

白天的喧闹被吞没
世界沉睡在宁静中
夜色好像陷入沉思
考虑明天将要面对

在陡峭高高的山坡上
灯火星星点点地闪烁
像仙女忽闪的眼睛
从幽远天际传送信息

像品尝了生命的甜蜜

放声高唱激情之歌
我渴望骑上一匹骏马
在辽阔草原策马飞奔

（作于1991年）

伊犁之夜

置身闲适伊犁之夜
仿佛身处激情海洋
灵感之铃轻轻敲响
心之花园鲜花开放

夜晚好戏缓缓上演
有趣乐事精彩呈现
森林建筑还是路人
迎来都是笑容温暖

繁星璀璨闪烁夜空
交相辉映与那灯火
夜晚就像开朗的人
隐藏心中所思所想

仿佛那位心爱伴侣
身着盛装不离左右

园中飘出苹果清香
勾起食欲令人陶醉

这里每天都是节日
欢声笑语不绝于耳
看着幸福欢乐景象
世界都会为之惊叹

人们都说：
谁不说咱伊犁好啊！
她像宝石黄金中嵌
摆脱忧伤无奈泥沼
激情快乐将你围绕

大地铺开翠绿绒毯
敬仰自然鬼斧神工
优美风光胜过天堂
我的伊犁，
你是人民幸福家园！

（作于1993年）

我的故乡哈巴巴斯[①]

真弄懂词意“见多识广”
用在这里的确很准确
带着这信念我的朋友
来介绍我的美丽家园

道路曲折登峰定艰难
别被挫折征服而失望
草原吸引你像个磁场
在七条哈巴河[②]的汇合点

那里的香葱粗如手臂
百合是心形无比美丽
每条山谷里都有惊喜
你总是沉浸在快乐里

① 哈巴巴斯:原为哈巴河的源头之意,后来这块草原就用了这个名称。
② 七条哈巴河:哈巴河上游较大的支流有七条,均以“哈巴”为名。

脚下是丝绒般的草地
双肺吸足了清新空气
纳仁哈巴清澈的河水
会洒向你的尊贵额头

白桦林茂密挺拔高贵
我宁愿化作其中一棵
这里是一座温馨家园
无数生灵在生存悠闲

鸟儿在蓝天飞翔成群
怎么看我也不会疲倦
畅游大自然的百花园
我不忍离去驻足迷恋

若穿行于山坡峡谷间
脚下的鞋被草莓浸染
清香松树将果实奉献
医治百病如妙药灵丹

宝马良驹在就地待命
精神抖擞要勇夺冠军

惊讶地看见小溪潺潺
赋予鱼儿美丽的家园
千万别说你为何夸口
我不说谎从来都没有
大地盖上了绿色绒毯
一捧黑土你都难寻见

满目的风光美轮美奂
在心灵天平将它衡量
看着眼前的动人美景
误以为是天堂而吃惊

找不出准确语言表达
它的神奇美妙你会夸
睡得香笑得甜心舒畅
金色光芒会将你照亮

那是一条路遥远非常
没人会说出任何怨言
没有人愿意离开这里
这就是哈巴巴斯——草原之王

（作于1998年）

阿肯阿依特斯

不在任何人前低头服软，
观众评判他们得到锤炼。
阿肯阿依特斯机智紧张，
成为我丰富的精神食粮。

那一对针锋相对在现场，
目的是制伏和战胜对方。
由美妙诗歌展开的抗争，
多像一对雄狮搏杀战场。

一个设绊而另一个试探，
他们试图摸清对手所想。
精妙的语言动听的唱腔，
吸引着所有观众的视线。

当诗歌的贵客来到面前，
笑容就在观众脸上浮现。

手掌击打出热烈的声响，
快乐笑声如潮水般奔涌。

就好像实现了心中愿望，
那刻终于到来群情激昂，
年轻人都开始喜欢诗行，
长辈们见了都心生欢乐。

它开阔了我的思路情感，
阿依特斯多么神奇美妙。
它仿佛是一座神圣高峰，
不是谁都能够轻易攀登。

（作于2006年）

绿水青山长

世上唯有生命最可贵
是大自然母亲所赐予
无论身处何方在何地
你时刻萦绕在我心里

大自然，我的母亲

世上唯有生命最可贵
是大自然母亲所赐予
无论身处何方在何地
你时刻萦绕在我心里

广袤世界能否在某时
某处找到宝藏更珍贵？
祈求上苍勿让无耻者
揪住你高贵无瑕衣领

让那恶狼般撕咬你的
满嘴鲜血的家伙完蛋
让那血脉般布满地面
奔腾的河流长流不息

无法制止他们侵害你

却能守在门前来申冤

我愿

危急时刻当你遇到灾难

能第一个牺牲在你眼前

（作于2002年）

夏之黎明

世界在渐渐变得明亮
黑夜退去了向着西方
光明从东边悄然而来
为万物镀上金色之光

花儿随微风轻轻摇曳
如精美项链挂在胸前
鸟儿在林间尽情歌唱
将美妙旋律带进心房

周遭浸染于清晨之光
云霞变成了丝绸霓裳
晨光唤醒了万物生灵
劳动使大地血脉奔腾

（作于1956年）

山　路

山峰　重叠峻峭高耸入云
仿佛　太阳是它邻居亲朋
崎岖山路从山脚向上攀延
最后将臂膀搭在高山之巅

沿着山路　缓缓而上
放眼望去　周遭美景跃入眼帘
牲畜吃草在山坳悠闲
庄稼葱绿在平原茁壮

无数坎坷呈现眼前
好似刻意而为让人害怕
坐骑跃过了沟沟坎坎
载我攀登危险之所高山之巅

困难面前我怎能退缩

不是有前人披荆斩棘走过?

若没有踏上艰险山路

又怎得见美景神奇草原辽阔!

（作于1978年）

我是鸟儿的朋友

我从小就爱鸟羡慕鸟儿
对它们充满怜惜疼爱
每个爱鸟的人都是朋友
害鸟的黑心人就是宿敌

长辈们从小谆谆教导
心中对鸟儿充满疼惜
我珍爱巢穴中每只雏鸟
还有幼小麻雀紧闭双目

丛林里百鸟争鸣格外动听
我热爱鸟鸣铭记在心
从未伤害触碰鸟儿巢穴
那是乌鸦喜鹊生命家园

传说在那动荡的荒蛮时代
人们骑上鸟背飞越高峰

为护佑凤凰窝中的幼雏
毫无畏惧与巨龙英勇抗争

话语如果在情理中
你将把它们牢记心中
据说　曾有人射死了天鹅
最后受到诅咒遭了报应

无论是真事　或只是传说
朋友　心中自有评判公正
我将这一切牢记于心
当心智健全长大成人

时间赋予人类力量血性
战胜所有对手和敌人
人类渐渐从爬行开始直立
谁敢保证　我们的祖先不曾飞行?

心存善良热爱生活付真心
我们从现实中得出印证
脚踏大地　却幻想飞上天空
这是鸟儿给予人类的启迪

若不求教　工匠便无法成才
没有色彩　花儿将失去缤纷
没有鸟儿落到岸边喧闹
清澈湖水也将失去生机

孩子像一群快乐的飞鸽
见到他们　心中充满欢乐
哈萨克人将“百灵”之称
赐予歌喉动听的艺人阿肯

若相聚一堂展开讨论
关于那些所见所闻
若某人最为优秀出众
我们将他比作猎隼雄鹰

鸟儿带来春的信息
我曾动情默记美妙旋律
将天鹅洁白优雅之颈
比作美女优美脖子洁净

为了不让鸟儿再次逃离这里

蔚蓝的天空展开胸怀
真希望自己有机会看到
有一天
人类和鸟类成为朋友

当我失去青春容颜
当树叶枯黄飘落凋零
我相信
我的魂魄久久不会离开
将与美丽的鸟儿一起自由飞翔

（作于1984年）

狼

狼
古老的猛兽　嘴边鲜血沾满
年轻时　曾目睹它霸气显露
慌乱中　骑上无知老公牛
迎着恶狼　毫无畏惧向前冲

年少无知的我　只顾玩耍跑一边
羊群吃着嫩草徜徉在山边
灰狼叼走羊羔如此大胆
眼看着它就此逃之夭夭

爷爷有匹高头大马毛色黑亮
那是他最信赖的坐骑伙伴
那个冬天　在山谷中啃着草根
不幸　遇上恶狼它被剖腹绝了命

我们没有缰绳将恶狼操控

也无法找谁申冤　对谁抱怨
日睹这畜生所作所为
认定它最为残忍　是万恶之源

若有机会让我报仇雪恨
杀死它　也绝不会过分
春天　我们挑断了狼崽跟腱
秋天　我们剥下了它的皮毛

后来的经历让我懂得许多
为了生存　鸟儿也会落脚湖畔
恶狼趁人不备进攻羊圈
也是为了生计　为了存活

思前想后　我心中充满惆怅
世上果真发生无数抗争
狼　为了一顿饱腹而侵害羊群
而人却要将它们杀绝赶尽

生活老人　给了很多启示
警告我们　切勿再重蹈覆辙
是人类侵扰了狼群生活

剥夺繁衍后代生存之本

眼看无数生灵灭绝消亡
朋友啊　这些我们看在眼中
造物主赋予世上每个物种
得以生存繁衍生息的权利

想到这里　心潮澎湃难入睡
这并非个人所说所想
也许　因此我才这样
总替它们说话与申辩

（作于1986年）

说给猎人的话

像嫂子编织出美丽花带
季节绘出动人画卷在大地
我的猎人
你不老实待在家里
手握猎枪你迈出家门

真想告诉你
这是无聊之人所为
你成了一本反面教程
那么无情射杀无数生灵
那羚羊盘羊是美丽精灵

无辜动物伤口淌着鲜血
难道这就是你想看到的
是时候了吧
我亲爱的猎人
是该拉紧马儿的缰绳？

许多人都说是为了生存
因此杀害猎捕多少生灵
这里曾是山中之王老虎的家
如今
早就不见了它们的踪影

老生常谈今天已过时
正道是保护动物爱惜生命
难道那驰骋野马渐渐消失
濒临灭种你没发现？

我们拥有热爱生活的心
走兽飞禽让世界美丽
剥夺生灵安宁生活的行径
我们要如何忍受宽容？

愿太阳不要过早沉落
愿美景不要过于陈旧
愿后人别失去了机会
别让目睹世间美景成为幻想

这个预言是不是说得太早
是不是如此用心你不爱听
我实话实说讲出真情
该怎么做你该知道
我的猎人!

(作于1987年)

蚂　蚁

刚刚嗅到春的气息
蚂蚁们很快爬出洞穴
开始新的忙碌生机
继续着绵绵的生息

它们运送树叶枝条
修补蚁窝的残洞处
像一群敬业的工人
绝不懒惰那么辛劳

它们的“法律”和人类不同
你无法不感叹和动容
若与其他生物起纷争
它们非常团结群起而攻

平时它们都各自行动
团结是宗旨绝对不变

一旦出现突发事件
它们齐行动将敌战胜

它们依靠斗争而生存
绝不偷懒耍滑取巧投机
大自然赋予能量毅力
整日奔波却不知疲倦

尽管不能长途跋涉
每日忙于储存食粮
它们给人们一些启示
所有收获都来自劳动

（作于1987年）

黑　土

一句“黄金在手不知贵”
意义深远让人回味无穷

大山迎来了旅游者
满满一袋黑土要装走
他企图悄悄地溜走
放进自家花盆去栽种

黑土地抚育茂密森林
山中充裕芳香气息
黑土就像我钟爱的诗篇
不舍得给谁一两一分
因为我就是大山的儿子
脐血滴进了这黑土里

在这里我找出答案无数
一声召唤

我飞奔而来如马驹般
若能在草地上打一个滚儿
会令人抖擞精神重新振奋

我变成巨大雕塑像英雄
毫不畏惧就算危险降临
就算诗歌像原上狐狸
灵感之鹰终会将它擒拿

我微笑着迎接晨曦来临
一丝不安出现脑海中
我无法制止偷土的人
甚至想请求他们高抬贵手

绿色原野是动物的家园
别让它变得萧瑟失去美颜
朋友们
请别像一只只掘地仓鼠
将山中黑土搬进城里窝中

（作于1987年）

激情时刻

山峰,峻峭高耸直上云霄
你究竟在想些什么?
是想尽显美貌风情?
抑或凭高大可亲的模样
成为典范树立形象?

激情洋溢
欢乐的火花在飞扬
飞溅到每个角落,四面八方
远处传来猎鹰的鸣声
却听耳畔
是小鹿谨慎的哨音

太阳将温暖尽情播撒
万物生灵都渴望生命绽放
青翠茂密的丛林深处
传出生命之韵美妙之声

陶醉地倾听周围的一切
陶醉地倾听山的歌声
仿佛婴儿陶醉于母亲呢喃
我沉醉于大自然的美妙和声

大山,令我如此心驰神往
它如幻如梦,让我自幼陶醉着迷
听着听着,血液奔涌几近沸腾
我感到周身将要消融

如少年驾驭不羁的小马
希望在远方微笑着将我召唤
就在今天,就在大自然怀中
我领悟到别样柔美奇妙之声

(作于1989年)

狐 狸

说狐狸狡猾都谴责它
没人关心它为何狡猾
它为了生存说句实话
是这行为得罪了大家

不喜欢又能有何办法
它深爱母亲就是生活
它的狡猾就是世界上
没有人对它心存善意

为证实还有生命在身
在峡谷山坡找寻生机
若老实憨厚容易被擒
世界怎么会仁慈宽容?

在寻找诗歌灵感之时
这问题出现在脑海中

认真翻看生活这本书
在扉页寻找答案解释

这是智慧理智的世纪
生活发生着很多改变
为顿饱饭就满足的人
是不是理解这个实情

世界像谜团充满奥秘
它不会让你达到预期
狡猾是为解开这奥秘
并不相同与残忍强权

当跨过生活新的高度
就安宁度日小心迈步
就算你不伤害任何人
若老实落后终会挨打

困境中你会经受磨难
无力挣扎起什么作用？
你像被虫蛀了根的树
显然你的末日将来到

你游弋憨厚老实之湖
是否预知自己将被欺？
用心计迷惑灾难困境
是要夸耀的护体法宝

（作于1990年）

松树树墩

不是每月，不是每年，是每天，
它在生长，它在延展，向云端。
是谁将那生机勃勃的松木
齐根截断？

噩运降临到那神圣的树尖，
锋利的电锯将那棵树砍断。
如今的它变成低矮的树墩，
看了一眼，我沉思，我慨叹。

剥夺了那充满活力的生命
是谁啊，如此残忍和狠心？
他是不是眉头紧锁显神通，
犹如一尊青铜雕像无感情。

岁月荏苒，时光飞逝如流水
仿佛寻找新的幸福和生命。

在被砍低矮的树桩旁边，
一根幼苗正在悄悄地生长。

也许，是“马驹赶上骏马之蹄”？
就这样，传承根系生命延续。
珍惜自然，保护环境是使命，
全人类都该去深思和反省。

（作于1991年）

雏 鹰

一只雏鹰落在枝头上
羽翼柔弱还并不茁壮
胸怀大志想振翅飞翔
它伸长脖子四处张望

不幸它被猎人发现
嫩柳枝做套将它拴
幼鸟被囚禁让人怜
无法高飞失去蓝天

猎人在门口钉了桩
说是它的位置要站好
有谁又能说得清啊
它还能否逃脱求生

主人心中自有盘算
将它喂养精心照看

没多久雏鸟会长大
会为主人奋力搏杀

也许抓不住太大猎物
却能捕野兔野鹅野鸭
猎人愿那天早日来到
雏鸟为自己胜利凯旋

不知此业从何时兴起
时至今日仍在延续
猎人与动物相互降服
手段令人由衷叹服

（作于1991年）

松树林

山坡上生长着茂密的松林
从古到今，
哈萨克人从不会砍伐树木
不砍不伐，是因若将它砍尽
何时才能长成如此美丽的森林？

这里的主人倍加珍惜
满怀激情将它赞颂
明了不能在故乡土地
留下伤疤斑斑的痕迹

山峰险峻高耸入云
繁茂松林将其守护如士兵
为让家乡土地更加美丽
需要树林更加茁壮

它是大山怀抱的美丽风景

会吸引蓝天洒下甘霖
天空中片片游移的云朵
在这里凝集
在这里浇淋

它净化山中的空气
帮助患者治疗和调理
这就是它能够给予
人们的答复与回应

行行排列在山坡上
深得智慧之人欣赏赞美
如果根没有牢牢抓住土地
大山的神采光芒也会失去

这是事实，朋友会理解
松树需要空间自由生长
我愿同伤害松树的坏人
殊死搏斗
不怕流血　不怕牺牲

（作于1991年）

草原石人

是谁什么时候将它安放在这里?
不管是谁不是平白无故无道理。
也许是为了后人识别做的标记,
为保护神圣故土不被他人侵袭。

灰色石头雕刻出妇女丰满形象,
她特别的外形像一位无畏英雄。
挺起骄傲的胸膛放眼看向远方,
给瞻仰的人们无限感动和遐想。

遥远的往事已被尘封成为过去,
当初的人们曾在这里休养生息。
这块碑石,为纪念某位女子无畏,
同男人们一道在前线英勇杀敌?

或因某个男人无情地背叛了自己,
她一怒之下化作石头永远挺立?

或许她是某位英明领袖的形象？
或是一位伟大母亲将爱心播撒？

无论如何她是那曾在这里生存
英勇善战智慧过人的时代象征。
时至今日她屹然挺立没有损毁，
她和时间共同承载着历史千载。
尽管我们已经不明了她的经历，
能否最终揭开那些时代的奥秘？

（作于1999年）

花　儿

花的颜色：赤橙黄绿青蓝紫
色彩斑斓　让人应接不暇
每个清晨　与太阳一起盛开
谁不为之感动惊叹？

色彩缤纷　每朵花儿各不同
绚烂多姿　每个人情有独钟
姑娘爱红　用它来装点衣裳
蓝色最贵重　在长者心中

万紫千红争相斗艳的花朵
夏天里姹紫嫣红怒放
有些花儿贵重稀少是良药
治愈疾病让人摆脱病痛

学者专家研究其中根源
对我而言　每朵花儿都不同

放飞心中诗歌的小鸟
让它赞颂让它歌唱似百灵

胸怀晨曦温柔的光芒
为此　我依恋回望
我将大自然最美丽的娇宠
比作娇艳珍贵短暂的青春

（作于2001年）

熊的心声

历经季节的更迭变换
居住在深谷或山洞间
对我来说那都不危险
周围敌情重重是从前

冬天寒冷根本不可怕
夏天炎热又拿我奈何？
身怀上苍赐予的力量
将所有动物赶走吓跑

走遍茂密的原始森林
那里是我牢固的城堡
没有谁敢靠近我身旁
发出呐喊群山都回荡

绝不理睬酷热与寒冷
也曾发誓绝不会被擒
唯一恐吓威胁过我的

是怪物长两条腿的人

遮蔽山巅的翠绿树林
被砍伐殆尽不见踪影
他们挖走草根和草茎
让周遭失色破坏美景

人啊，
你胃口怎么如此之大?
看到你真是吓破我胆
我安静地生活在故乡
你却用枪弹惊扰安宁

知道这里有走兽飞禽
你不改变残忍的本性
我只是为了生存活命
你却永远欲壑难填

为此所有生物仇恨你
它们非常厌恶害怕你
因为这世上所有物种
都需要安宁平静生活

最近
你是不是恢复了理智
听说拿枪射击被禁止
但愿这个特大的喜讯
最终不要发生了改变

大片的森林倾倒凋残
悲惨场面映入我眼帘
绿色的植被最为珍贵
它们是生物生存之本

愿我们
不要遭遇那危难命运
不要生活在荒岭秃山
快停止电锯斧头运行
那是自然界的灭顶灾难

否则
你最终会让大山衰败
飞禽走兽全都会消亡
归根到底你也会遭遇
自然诅咒被彻底抛弃

（作于2002年）

领头羊

犄角如松枝极易辨认
羊群的领袖是领头羊
它的称呼之所以特殊
还有着一些特殊缘由

走路不受别人的干扰
关节发出脆响极优雅
夏的烈日或冬的严寒
都无法阻止它前进的步伐

大自然赐予尊贵的称呼
谁能代替它至高的位置
没有它山坡上的羊群
就找不到路会迷失方向

并非大家都夸领头羊
只要能担当这个称呼
在羊群要翻山越岭时
不要失去领头羊迷途

（作于2003年）

夏加海特[1]

夏加海特
富饶的草原辽阔故乡
快乐幸福赐人间公正
绵延千里它胸怀宽广
哪里去找这样的地方？

清晨的阳光洗刷草原
皎洁的月色涂染山间
美好总让人难忘贪婪
怎么看都觉得看不完

清新空气中氧气饱含
这鬼斧神工让人惊叹
乌云在堆积大雨倾盆
雷电如利剑划过蓝天

① 夏加海特：地名，意为经常遭雷击的地方。

剧烈火光从云中杀出
骤烈的暴雨倾泻如注
妖魔鬼怪鼠窜到处溜
躲避神剑四处去避险

草原如夏日一样灿烂
这里就是幸福的乐园
空气宜人凉爽又清新
蚊蝇害虫都无法生存

为迎接夏夜盛典来临
姑娘小伙在歌舞狂欢
年轻人让人羡慕异常
想一同快乐一同欢唱

若想发现这土地奥秘
你定要看清四周环境
夏加海特的雷电频频
是各族人民
幸福生活的共同家园

（作于2003年）

雄 鹰

冷峻威严充满能量
利剑般的双翅割开云层
雄鹰在空中展翅翱翔
见到它猎物心惊胆战

无论炎热还是寒冷
翅膀的冲力将空气搅动
敏锐的双目扫描周遭
乌鸦和猎隼休想逞强

坚守着高贵的风度
不会为生存吞食腐尸
它喜爱纯洁华贵事物
绝不甘于勉强苟活

有时
它飞得不快也不高

就算这样
其他飞禽同样不敢靠近
雄鹰
总能飞上所有高度
成为一只雄鹰是多大的幸福！

（作于2008年）

岁月悠然行

愿每时每刻不白过
快乐欢笑自有界限
若神色萎靡情绪低落
时代精神让我重新振作

夜 思

生活
是不是我一直都不懂
像酒醉的人做的一场梦
我吃惊万分
放眼看着前方
仿佛看见挺立着的铜铸雕像

夜深了
整个世界已入睡
心中的担忧多于信念
陷入沉思
知道一切都在改变
我的容貌注定也在改变

如今
它像倔强老头不开言
曾自如挥舞语言利剑

机敏的思绪变得如此执拗
像小狗不愿跟随驿队前行

头脑有时清澈有时混沌
有时独处无声哭泣
有时
我像死神一般逼近自己
提出苛刻严厉的问题

人们常说
你还活着要生存
你的气息和空气相联
没有我会到世界末日吗
究竟为了谁在活

为孩子还是为伴侣
一切都是那么真实
然而
摆在最前面的应该是
尊严责任公民应具备

愿每时每刻不白过

快乐欢笑自有界限
若神色萎靡情绪低落
时代精神让我重新振作

幸福和苦难轮流出现
我感到心会紧缩
觉得自己像一个渔夫
扔下鱼钩垂钓在河湾

黎明将至
月亮正翻过山头
失眠了
浑身都在颤抖
就像孩子偷吃了糖果
那是母亲用来招待客人的

我热爱光明
热爱一切美好事物
谨慎仔细地观察周遭
希望自己不要像个巫师
终因失去功力而忧愁

天要亮了
地平线被缓缓地掀开
我能否像只猎隼擒获诗行
此时此刻
我感到眼前一亮
一线希望闪现在遥远前方

梦想啊
是不是每天一次蜕变
心
是不是总希望有奥秘别样
有时恐惧也能引领你找到出路
总在危机时刻绝处逢生

（作于1986年）

忧　伤

世界上
每个概念都有意义
每种哀愁都可怕吗?
若不与黑暗做对比
就不知光明之可贵

我喜爱
美好甜蜜的忧伤
让它做调料为激情
每当此时
仿佛更深刻地理解
纯洁生命的意义深远

如果听到了忧伤的歌
心不是会颤抖像触电一般?
它不是会给人很多影响
“陶醉”身上每个细胞

有时它引领你到远方
上百次探寻内心所想
它久久停留不消散
在心头留下印痕深深

你不会将它据为己有
也不必让泪水沉浸其中
也许它能给生命以帮助
远离心灵受挫灵魂陈旧

若你想听听一饱耳福
若无法领悟精髓错在自己
若无法品味忧伤的“甜蜜”
就无法深谙幸福的真谛

（作于1981年）

所　爱

每个人各有其所爱
大自然赋予特征各异
有的人爱惜自己的伙伴
有的人则关注着孩童

有的人看重高位要职
在渴望中穷极一生
有的人爱财如命胜过双亲
恨不能囫囵吞枣吃下所有

有的人衡量所有事情
为战胜对手买马招兵
在阴谋诡计得逞之前
生活让他付出代价
终将一无所有

有的人珍惜众之所望

这会让他感到快乐振奋
众人的喜好和利益
就是目标他倍加珍惜

其实那些都毫无意义
自我陶醉夸夸其谈都是虚
仔细考虑什么才是你所爱
用理智的天平来衡量算计

（作于1982年）

思　想

总思考关于思想的问题
这习惯始终没放弃
我想每个心智健全的人
都探索追问不知疲倦

是否有人找到答案
和美好愿望相依相伴
其中有美好亦有丑恶
春天到了冬天怎会不来?

谁不经历风雨磨难
有时虚弱失去力量
若不感悟这些道理
与牲畜又有何等区分?

福与祸不会永远相伴
不可高枕无忧设想命运

别让玩乐占据思想
沉浸自由幸福时刻

不要做世界的客人
不要将微不足道看得太重
骄傲自满狂妄自大的人
终将遭遇失败头破血流

思想是衡量智慧的量具
对浮躁之事做出审判
智慧让人躲过悔恨之难
让人远离焦虑与苦闷

（作于1982年）

遗　憾

若你的行为
不被众人喜爱
若被悔恨包围
美梦都将被打碎

为了迎接众朋友
请备好宴席丰盛
若你的等待徒劳
那将是一个遗憾

若悔恨蒙住双眼
让你迷失方向
若母亲听信谗言责骂你
那将是最大遗憾

不懂与人交心
那也让人遗憾

若达不到目标
心中充满悔恨

若从晨起忧伤
一天就被偷走
最大遗憾就是
信赖的人背叛誓言

（作于1982年）

快　乐

快乐
生命的食粮
想起了你
心中充满温暖
真心希望能快乐地生活
因为来到人间
不是为了悲伤难过

也曾经历过哭泣时刻
也跨过险滩越过险峰
然而
希望的火种从未泯灭
就算睫毛被泪水浸湿

大风刮起
看不清坐骑双耳

用目光射穿无尽黑夜
平安地迎来金色曙光
品尝生命的甜蜜滋味

不会打破做人底线
失败比胜利要少十倍
我将满怀幸福快乐
若那份耕耘有了收获

在纯洁理想实现之前
我下定决心努力奋进
快乐是生命的维他命
能增加能量增添活力

掸掉身上旅途的尘埃
摆脱吸血虫恼人纠缠
高高举起快乐的酒樽
因为胸怀信念坚定

（作于1983年）

树木的建议

山上有一棵高傲大树
别的树都不在它眼中
太阳光芒第一时间照耀我
它说：
我无可争议是树中之王

它说：
相距再远人们仍能看到我
大家还能说什么？
我体型高大枝繁叶茂
下面的树怎可能这样生长？

其他树知道它在炫耀
它本就生长在高处
它只喜欢它自己
追求名利　追求浮华是目的

其他树木生长在低处
根系深深扎进土壤里
同样枝繁叶茂地生长
就算没身处高位显神威

远离炫耀和浮华
远离自然界的灾与祸
它们认为如今一切都适合
拥有位置在宽广原野

它们分享光明温暖
也有树荫让人们乘凉
它们一起对那高处的树
提出这样的意见建议：

朋友请你牢记
你并不比其他的树更高贵
说实在的　让你引人注目的
不是你的高度
是你身处的高位

（作于1984年）

我热爱光明

我热爱光明
光明给我空间
让我飞得更高更远
如果光明没有照进心田
我将变成瞎子
变得无知愚钝

我从太阳那里得到光明
阳光的温暖格外暖心
光明之灯来指引
险途中会平安不会迷离

当黑暗遮住双眼
极力揉搓想要光明重现
若谁企图将光明遮拦
我将奋起抗争赤膊相见

别让伤害人类的灾难蔓延
别让另类画面占据眼前
胸中满是这样的心愿
愿黑暗阴霾别盖住地面

欢笑在故乡广阔的原野
我很尊贵
如果愿意还可以撒欢
夕阳西下进入梦境
我将伴随黎明一起苏醒

你会明白话中意义所在
就算没说明标题条款
在心中那片宽广的草原
光明是我最爱至亲

如英勇将士打破牢笼
金灿灿的光明照亮心田
我从公正那里洒下温暖
汲取能量如痴如醉

（作于1985年）

猎 隼

飞行时不停扇动翅膀
若有机会就掠走擒拿
猎隼目光敏锐盘旋空中
它飞行在阿吾勒附近

从很远它看准自己所要
大自然赋予了本能技巧
它猛然伸出有力长爪
拎起晒架上的一块奶酪

“这个家伙竟拎走奶酪!”
姐姐见状愤怒咒骂
这句话猛然点醒阿肯
提示他:你要谨慎你要思考

整日飞行为此感到骄傲
掠走食物它实现愿望

生活中难道见得还少
那种事把别人东西吞掉？

有人施展手段达到目的
却瞒不过众人的眼睛
别让生活的猎隼盘旋飞来
无耻地靠近晒着的食物

（作于1985年）

生活是一本书

生命就像一本厚厚的书
里面写有口号也有歌谣

有的篇章书写欢乐幸福
有的书页记载难过悲伤

有的章节写着平凡安宁
有的页上写下欢笑感动

作家手中之笔的根基
是书的前言和最终结局

有的书打开扉页精彩无比
到了结尾却变得毫无意义

有的书也许开始并不有趣
渐渐有了方向　踏上坦径

当翻完这本书的每一书页
希望堪称完美前后呼应

可是　没人能解决这疑难问题
因为　书的主人与作者各异

（作于1986年）

尊重女性

我们说
女人如金女人如花
我们说
女人男人生来平等
尽管命运相互融合
我们却并不懂她们

通常说到相爱伴侣
美好字眼来形容她
列出她们诸多不是
显尽神通如龙发怒

若用理智认真思考
女人就是福祉无穷
贴心伴侣在危难时
敌剑无法将她分割

有她你能实现理想

让你免受危险所伤
女人是社会守护神
犹如大地承受苦痛

遥远险地若你遍访
就会解除疑惑迷惘
家事琐碎无尽繁重
女人承受像个铁人

她将身心奉献家人
与他们命运紧紧相连
没有他们水米不进
口含奶酪也不下咽

女人,是人类的美好语言
女人,是甜美爱情的海洋
女人,是无比忠诚的象征
女人,世界因你如此美妙

女人的心柔软善良
得到快乐从你心声
爱情经受岁月漫长
就像文字镌刻石上

我们快乐放声歌唱
我们由衷专心欣赏
是女人
为这世界添彩增光
我们对此是否明了

不爱女人
阿肯何以写出诗行?
不爱女人
心灵何以洗涤纯净?
唯有女人
是人类生命的源泉
没有她们
生命之花都将凋残

没有女人
毡房穹顶无法撑起
没有女人
每个家庭败落荒凉
如果男人伤害女人
必会受到人们诅咒

（作于1986年）

长城遐思

大地
像碧绿地毯辽阔富饶
飞过雄伟古老的长城
不羁的思绪带我回到
久远尘封的过往年代

有时湖面浑浊水不清
我陷入两种不同沉思
仿佛要翻开一本
从未读过的书籍扉页

山势蜿蜒长城如游龙
像我的思绪澎湃汹涌
这情景让我充满自豪
但愤怒和仇恨同时产生

骑战马忍饥饿翻山岭

无端地相互厮杀斗争
彼此没有接近和体谅
兵刃相见他们结了怨

不争的历史铁的事实
一面卧虎另一面是狼
为了生存抵抗敌人来犯
修建了城墙坚固绵延

沉重的石料来自各方
是谁下令修了这城墙?
有谁知道在修筑之中
多少生灵遭受了涂炭
淌过多少汗水、泪水与鲜血?

连年战火民心愤苦不堪言
修筑长城成了沉重灾难
多少孩子没了父亲娇宠
多少女人失去丈夫疼爱

如若当年多些理解宽容
像如今一般盛世太平

人民也不会再受尽苦难
如若那样
世界东方不会有这奇观

在这辽阔无垠的土地上
它像一条发辫编织而成
据说
若站在遥远的月球之上
也能看得见长城的模样

想起了这些我思绪万千
时而微笑时而则满怀悲愤
长城曾是一场深重灾难
长城又是一部豪迈华章

（作于1987年）

望远镜

若要放眼望去看前方
若想给予大地评价准确
你应该拿起望远镜
就能看见肉眼所不及的远方

没有它你将无法达成所愿
会因此而烦躁而郁闷
尽管感觉非常良好
没有它终将束手无策

这是事实，
对此你是否有异议？
若斑斓色彩迷惑了双眼
借助望远镜你就能看见
鲜花盛开的山冈辽远

平日里
没有注意到的无数美景
就是被我如此发现
难道这是不争的事实?
我怀疑,故提问

生活的教训植入脑中
用那规律总结思想
晴朗的日子里
不会手拿望远镜对着周遭
进行窥视进行观察

拿起它远途会缩短
模糊的事物能看清
然而,一丝疑惑纠纠缠缠
犹如丝线缠绕胸中

若急着赶路急着前行
很多趣事你会遇上
若没有用手亲自触到
你会看到无数骗局假象

世间万物并非一样
五彩缤纷各有不同
看周遭的人用望远镜
总会迷失自我,失去方向

（作于1987年）

山谷中

山谷中的太阳总是很早西沉，
山谷中的晨曦总是很迟来临。
山谷中，如果有甘霖不期降临，
洁白的雾霭会像羊毛挂山间。

明媚的阳光从云层间的窄缝，
勉强挤进顶毡缝隙如窥探。
远处挺立着一棵古老的杉树，
酷似死去鱼儿的骨骸被倒竖。

倘若，思绪之箭被射向远方，
你会变成思想者，深沉稳重。
凉风习习阵阵袭来将你唤醒，
抚摸你犹如一只陌生的掌心。

激情的河水波涛汹涌奔向前，
激情澎湃的水声你侧耳倾听。

山中空气无比清新沁人心脾，
它会令你筋骨强健抖擞精神。

就好像欢乐焦急地将你召唤，
你召集所有亲朋挚友来身边。
你欲将那秀色美景尽收眼前，
为此登上了青翠峰顶和山尖。

犹如那刚刚翻开的新书扉页，
壮美图画让你沉醉将她爱上。
年轻杉树的枝条一根根直立，
仿佛玉梳将秀发静静地梳理。

陡峭的险峰在眼前赫然屹立，
吸引着你，要去征服，要去攀登。
然而，那山羊玩耍嬉戏的险地无法征服，
你没有力量和勇气。

天空犹如蓝色幕布披挂在身，
当你在那山间走出数里路程，
你会体察自身的状况和情形，
便沿着原路折回到最初起点。

此时，一个问题会出现在脑海，
理想愿望总在远方无法企及。
悔恨和遗憾让人总是难以逃避，
生活之路为何如此曲折艰难？

（作于1988年）

我的头颅

门边若有位置
我绝不会去抢上座
从没设过陷阱陷害他人
试图触动千万人的心灵
努力发掘语言最深的奥秘

若生命之灯长明不熄
若生命之树毅然挺立
我将辛勤耕耘不知疲惫
诗歌回荡胸中像母驼哀鸣

若理智思维依旧清晰
思想之斧定会将诗的木桩来劈
我的诗人，
生活总会给予警示
生命中唯有不安属于你

坚韧刚强本是我天性

有时也会失去理智不清醒
激情尚未泯灭如风华青年
有时却被情感控制身心

时而激情澎湃像个哲人
时而却如着魔怒不可遏
无论,是激情还是怒火
都会出现在适当的时刻

面对那些陈规陋习
我倍感讽刺满心难过
尽管,无法控制这个世界
独自撑起的悲伤忧虑足够多

试图让所有人都知晓
在广袤的诗歌的田野
我努力耕耘不停步
朋友啊!
别像牲畜般游走四野

想一想,知识到底在哪里?
是时候,明了生活真谛
别再慵懒散漫如秋日枯叶

温暖阳光普照着原野大地

鞴好马鞍来给我坐骑
跳上骏马我向前冲去
犹如牧人寻找新的草场
早已厌倦
被牲畜踩踏过的旧领地

若能找到一处新草场
我的思绪如被春水荡涤
就像有人牵来黄头羔羊
献上羊头满怀着敬意

我绝不会趾高气扬
不吝啬美味佳肴餐布之上
唯有对俗人无理霸道
像腊月的风冷酷无情

有时想起曾经的教诲
是智慧的老辈无私给予
快乐时
我像晨曦明媚无比
悲伤时

我则深陷那夜幕里

试图看懂自己探个究竟
陷入思绪我百感交集
在繁忙生活和工作间隙
诗行荡漾于心乐此不疲

跨进新世纪的崭新大门
试图继续挖掘艺术之金
夏与冬,昼与夜都能装进
我的头颅
就像整个星际

（作于1988年）

巅 峰

天空被厚重乌云侵占
像在说谁能与我抗衡
不理不睬的唯有高峰
阳光舔过的秃顶山峰

乌云像铅块般压着四野
却无法盖住那座峰顶
它就像将士一般英勇
高声呐喊俨然众山统领

你认为这是陈旧想法
无法真正展现山的特征
我总在不停查找探寻
寻找人与自然共气同声

它不会改变自由面容
发誓绝不折腰绝不屈从

有人有着山一般的个性
绝不畏惧困难和逆境

我想为生活的洪流激情
想为他们奉献赞歌诗行
山峰依然挺立在面前
仿佛让我颂扬将士英勇

（作于1988年）

三蹄上绊的马

生存
对于生命来说是那么残酷
这么说,有何不对不妥?
瞧,
路边有匹马无法行走
它的自由被主人剥夺
三只蹄子被捆绑束缚

它无奈,
无法将这现状改变
活动区域仅在阿吾勒里面
它跃跃欲试,却举步维艰
眼看着自由马群越过山肩

看着它,
我陷入沉思百感交集

难明了，
思绪将我带到了哪里
谁都会变得乞丐般可怜
若他手脚被捆失去自由

主人在毡房里掐指估算
束缚是为了不让它随意跑远
如若马儿能开口说话
它会说：
世上唯有自由最可贵！

（作于1990年）

手

为什么五根手指不一样齐？
难道来世上他们不是一起？
往往理智清醒的人
能看到这里的深刻奥秘

五根手指一根短于一根
对此它们却并不多虑
如果不是聚拢到一起
任何事情都无法办成

不会明着或暗里争斗
不会为最高台阶而闹
不会炫耀自己是最牛
中指不会
拇指不会
食指同样

它们从不会争吵
一根弯曲另一根会抓拢
英雄的力量合在一起
能做成无数大事与善举

若丢掉这个习惯
它们将失去团结和力量
我想对善妒的邻居说
请首先向这十根手指来学

（作于1990年）

冬 天

望着洁白的雪花飞舞翩翩
灵感激发我描绘冬的诗篇
凛冽寒风呼啸着拍打窗沿
犹如巨大的鼓风机在运转

平原上的牧民们都知道
寒冷会抽打皮肉像根皮鞭
我知道无比严酷的大自然
赋予你刚强意志坚韧品格

坚信你们定能将困难战胜
将福祉和财富在大地播种
那片赖以生存的广阔天地
会传来英雄赞歌令人敬佩

因此
我心满意足志向远大

有了许多发现与理解
满怀动人故事都关于冬
毫不遮掩地来坦诚讲述

原野需要飘落洁白雪花
没有它河水不会欢快奔流
如果大地饥渴失去养料
森林草地不再发出绿芽

这里有无数崭新的图画
冬的寒冷自有用途需要
它杀死病菌帮助了病患
消灭毒物让生命不受侵犯

它为牧民挑选来年草场
指明崭新的领地和牧场
四季中最威严的寒冷名将
仿佛下定决心要将我们帮

纵然渴望百鸟争鸣之声
却也喜爱严寒圣洁雕像

冬天

请将厚厚的洁白的暖被

盖在故乡的土地上

别让它着凉

（作于1991年）

我感到耻辱

通常他们没有联系
平时相互也不来往
别人成功就去奉承
见到巴结逢迎的人
让我深深感到羞耻

就像英雄制伏敌人
拍着胸脯高声喧嚷
见到见利忘义的人
让我深深感到羞耻

形同陌路素不相识
比邻而居毫无来往
见到吝啬抠门的人
让我深深感到羞耻

游手好闲不劳而获

遇到事情指手画脚
见到夸夸其谈的人
让我深深感到羞耻

与人竞争并不光明
竟将毒液洒向别人
见到心术不正的人
让我深深感到羞耻

盼着别人迈错脚步
制造绯闻传播谣言
见到心理阴暗的人
让我深深感到羞耻

所有事情心知肚明
却不评价也不开言
见到冷漠无情的人
让我深深感到羞耻

（作于1992年）

林间小草

小草
生长在茂密的树林中
细弱嫩黄一根一根不强壮
将头深深垂向地面
仿佛满怀心痛和哀怨

是谁将萧条强加于它?
为什么,
为什么它不强大?
瑟瑟发抖嫩细的草叶上
颗颗露珠犹如泪滴挂上头

虽未成为动物的美餐
却已失去了生机和美艳!
身处树荫
得不到阳光的温暖
失去能量无法再茁壮?

草儿,请不要哭泣和忧伤
也许很快你们就会变强壮
身处寒冷阴暗的环境
要学会勇敢学会坚强

（作于1992年）

胡 杨

老胡杨在沙漠生长多年
见证岁月的沧桑和变迁
枝条曾几何时被砍断
谁做的孽,没人知道答案

树皮粗糙凹凸有裂痕
因为曾受过伤害和摧残
牵拉着那根绳索挂颈上
那是命运安排天注定

历经风雨熬过艰难困苦
却从不抱怨从不发出哀叹
每年春天它依旧吐露嫩芽
依旧生长依旧盛开在荒原

猎鹰不会到它枝头来筑巢
没人理会不会有人放心上

夏天过去秋风瑟瑟黄沙扬
寒冷无情卷走树叶枝头上

根系深深扎进土壤里
不在意大自然的风和雨
多么希望人们也能拥有
犹如胡杨般的精神毅力

（作于1993年）

笔

每天我都写字手握钢笔
理智会指引我走向何地
墨水所涂出的那些痕迹
展现大山大河村庄城市

那里描绘有生活的印记
世间万象会让你联想起
能看到某人的容颜憔悴
能看到某人的幸福笑脸

那里有很多人的面容形象
青年成熟孩子茁壮成长
一片牧场水草丰满现春光
一片草地渐渐衰败显荒凉

那里有科学家名言语录
也有牧人们风雪中抗争

还有农夫们的耕作辛勤
被烈火炙烤的炼钢工人

那里有残忍的凶器夺命
有挽救生命的灵丹妙方
也有男子汉的英雄事迹
和明眸善睐的绝色佳丽

那有飞禽走兽应有尽有
还有所有微小生物爬行
这丰富庞大的浑圆世界
都会完全出现在我眼前

仿佛在与生活脚步赛跑
我不懈地与这时代合唱
我努力争取将这个世界
每样美好都能记录描绘

若我没和科学握手相识
将变成个庸人无知虚空
我心中所知所想都被它
那杆钢质利笔纷纷记下

就这样记录人性和善良
就这样揭露恶毒和肮脏
如若说我遇上险阻艰难
这时代是后盾给我力量

尽管我没有过人的智慧学识
生活中所见所闻给我启示
我就像一杆生活的钢笔
毫不懈怠完成那份功课

（作于1995年）

理　想

美好的理想,是生命的营养!
却像闪电即逝转瞬间
我找寻你,
在姹紫嫣红的百花园中
在尘封已久的青春记忆

珍贵的理想,美好的理想,纯洁的理想
我找寻你,
在善睐的双双明眸间
生命中最真最纯的情感
源自那可贵的忠诚心灵

我找寻你,
在广阔无垠的山林荒原
到灯火辉煌的城市人间
不知能否相遇是否有缘
何时何地,

又将在怎样的情境?!

你的名字时刻萦绕心间
始终指引我勇往直前
我找寻你,
我要找到你啊
为此,
要登上生命之舟去探险!

我无法预测生命究竟能走多远
尚不知晓愿望是否能够实现
我在虔诚地祈祷
理想啊,
请别让我在旅途中
迷失自我,失去航向

(作于1997年)

飞 蓬

风和山谷主宰它行踪
谁又理解飞蓬的悲伤?
何时能免受大风追逐
停下来安静享受自由

当根茎离开大地怀抱
游走便成为它的生活
刚刚才爬上这座山坡
少顷孱弱身影又飘游

就这样它在四处行走
谁会去追赶将它抓住?
看着它在滚动在飞舞
给了我许多启示思考

若身体没有储存能量
空有虚名又能怎样

能将根深深扎进土壤
最可贵的莫过于故乡

我们乘坐着生活之舟
大风会吹着使它摇动
为了不被那大风吹走
我们认真地商讨研究

如果不想被彻底遗忘
你的昨天今天和明天
就得从这新世纪开始
努力建造生活的高楼

（作于2003年）